AMOUR

A JÉSUS-CHRIST

RECUEIL

DE 40 NOUVEAUX CANTIQUES

DÉDIÉS

A LA DIVINE EUCHARISTIE,

Composés pour les Prières des Quarante Heures de Paris
et pour les Saluts du T.-S. Sacrement,

PAROLES DE ***,

Mises en musique à deux et trois voix, avec accompagnement
(*ad libitum*) d'orgue ou de piano,

PAR HERMANN,

Père Augustin-Marie du Très-Saint Sacrement, Carme déchaussé,
auteur des Cantiques : *Gloire à Marie.*

—∞—

Paroles seules. — 2ᵉ Édition.

—∞—

PERISSE FRÈRES, LIBRAIRES-ÉDITEURS,

PARIS,	**LYON,**
NOUVELLE MAISON	ANCIENNE MAISON
RUE SAINT-SULPICE, 38	GRANDE RUE MERCIÈRE, 33
angle de la place S.-Sulpice.	et rue Centrale, 68.

1853

AMOUR

A JÉSUS-CHRIST.

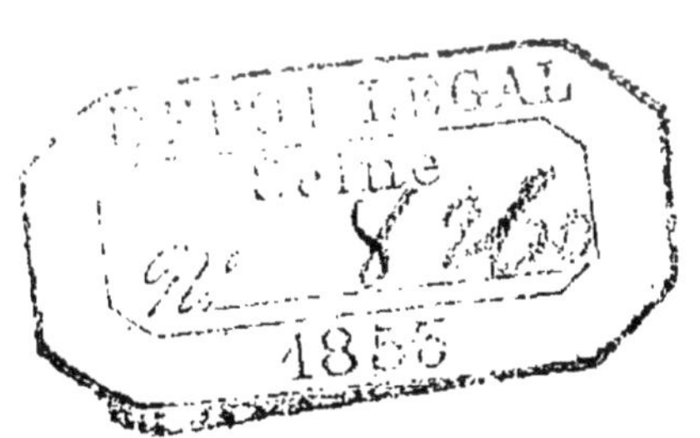

PROPRIÉTÉ.

—

ON TROUVE :

Chez les Frères PERISSE, les Cantiques : GLOIRE A MARIE,
du même Auteur.

APPROBATION

DE

MONSEIGNEUR L'ÉVÊQUE D'AGEN.

Convaincu que les paroles de cette dédicace et les sentiments exprimés dans ce Recueil de Cantiques sont de nature à augmenter dans les cœurs l'amour pour Jésus-Christ et l'Auguste Sacrement de nos autels, nous approuvons avec joie et empressement ce pieux travail.

† JEAN, *évêque d'Agen.*

Villeneuve, le 17 mars 1851.

J. M. J.

Nos Fr. Dominicus à S. Joseph, Vicarius Provincialis Carmelitarum discalceatorum in Galliâ, potestate ab admodum Rev. P. N. Paulo à S. Joseph, Definitore et Generali eorumdem Carmelitarum discalceatorum, ad id nobis concessâ sub die 18 mensis decembris 1850, permittimus ut liber cui titulus : *Amour à Jésus-Christ, Recueil de 40 Cantiques, Hymnes et Motets dédiés à la sainte Eucharistie*, à Fr. Augustino Maria à SS^mo Sacramento, Religioso Ordinis nostri conscripto, typis edi possit ac valeat, servatis in reliquis de jure servandis.

In quorum fidem præsentes dedimus sigillo nostro munitas ac propriâ manu subscriptas.

Aginni, in conventu nostro SS. Vincentii et Caprasii, die 14 martii 1851.

(Locus + sigilli.)

Fr. Dominicus a S. Joseph,
Vic. Prov.

Fr. Franciscus a Jesu Maria Joseph,
Secretarius.

AMOUR
A JÉSUS-CHRIST

RECUEIL
DE 40 NOUVEAUX CANTIQUES

DÉDIÉS

A LA DIVINE EUCHARISTIE,

Composés pour les Prières des Quarante Heures de Paris
et pour les Saluts du T.-S. Sacrement,

PAROLES DE ***,

Mises en musique à deux et trois voix, avec accompagnement
(*ad libitum*) d'orgue ou de piano,

PAR HERMANN,

Père Augustin-Marie du Très-Saint Sacrement, Carme déchaussé,
Auteur des Cantiques : *Gloire à Marie.*

—∞—

Paroles seules. — 2ᵉ Édition.

—∞—

PERISSE FRÈRES, LIBRAIRES-ÉDITEURS,

PARIS,	**LYON,**
NOUVELLE MAISON	ANCIENNE MAISON
RUE SAINT - SULPICE , 38	GRANDE RUE MERCIÈRE, 33
angle de la place S.-Sulpice.	et rue Centrale, 68.

1853

DÉDICACE.

—◦◦—

Divine Eucharistie! hostie sacrée qui vous immolez chaque jour sur l'autel pour expier mes crimes...

O Jésus adoré, Agneau sans tache qui ne cessez de répandre votre sang divin pour apaiser la justice de votre Père céleste...

Victime innocente et trois fois sainte, qui payez pour le coupable une rançon infinie de mérite et de sacrifice,

Je veux vous chanter des cantiques d'amour et de jubilation!!!

O sacrement adorable, source enivrante où mes lèvres altérées boivent à longs traits les prémices de la vie éternelle!

Mon cœur déborde de joie... il a besoin de vous

bénir et de dire vos louanges en des hymnes d'allégresse et d'actions de grâces ; car j'apprends que
mes frères de Paris jouissent maintenant d'un
bonheur ineffable : tous les jours ils vous voient
ouvrir la porte de votre prison d'amour, pour
vous exposer à leurs regards éblouis, et vous offrir à leur adoration perpétuelle ! ! !

Et les cloches de la capitale s'ébranlent pour
vous annoncer ; et les processions déploient leurs
bannières pour vous conduire en triomphe ; et le
premier pasteur établit, dans les églises où l'on va
vous adorer, un culte solennel et magnifique...

Il invite les chrétiens à orner vos autels ; il appelle vos enfants à venir vous chanter des hymnes
et des cantiques ; il préside lui-même à cette fête
admirable qui se perpétue de sanctuaire en sanctuaire, fête qui n'a pas de lendemain, et prélude
ainsi à cette adoration éternelle qui doit faire la
félicité de vos prédestinés, couronnés dans les
cieux.

Enfin, comme si nous assistions à une résurrec-
tion des premiers siècles de notre Église, et pour
mettre le comble à la tendresse de son troupeau
choisi, l'auguste et pieux archevêque institue pour

chacun des trois jours une communion générale...

A cette nouvelle, ô mon Dieu, ma poitrine se dilate; des larmes de joie mouillent mes paupières, et ma pensée me transporte sous ces parvis fortunés, où la foule de vos enfants chéris vient recevoir avidement au pied de votre tabernacle *le pain descendu du ciel, le gage de notre immortalité.*

Quel triomphe pour la foi! quel heureux augure pour la France!... Non, ô mon Dieu, Dieu de bonté, Père des miséricordes, vous ne laisserez pas périr un pays où l'on vous donne de si fervents témoignages d'une sainte dilection, où tant d'âmes vont s'empourprer de votre sang versé pour le salut du monde.

Bénissez le prélat qui éternise la mémoire de son épiscopat par un acte aussi glorieux; inscrivez son nom pour toujours dans le livre de vos élus.

Bénissez ces nombreux et fidèles amis qui se pressent autour de vos saints autels; embrasez-les de plus en plus de ce *feu que vous êtes venu apporter sur la terre,* et dont les torrents jaillissent sur votre hostie d'amour...

Pour moi, que vous avez *conduit dans la solitude*

pour me parler au cœur ; — pour moi, dont les jours et les nuits s'écoulent délicieusement dans les célestes conversations de votre présence adorable, entre les souvenirs de la communion d'aujourd'hui et les espérances de la communion de demain..., dans l'union amoureuse d'un Dieu avec la plus pauvre de ses créatures ;

J'embrasse avec transport les murs de ma cellule chérie, où rien ne me distrait de mon unique pensée ; où je ne respire que pour aimer votre divin sacrement ; où, délivré du fardeau des biens périssables, dénué de tout ce qui retient à la terre, et brisant les entraves qui captivent les sens, je puis, comme la colombe, prendre mon essor, et m'élever vers les régions éthérées du sanctuaire ; percer les mystérieuses nuées qui enveloppent votre tabernacle, m'exposer aux rayons pénétrants de ce beau soleil de grâce, et me plonger dans cet océan de lumière pour me consumer aux flammes de cette fournaise ardente.

Puis, m'abritant sous l'ombre rafraîchissante de cet arbre de vie, j'en respire les fleurs, j'en savoure les fruits... je me laisse bercer doucement au son de vos suaves paroles, et m'endors, ivre d'amour et de bonheur, aux pieds de mon Bien-Aimé...

Hæc requies mea in sæculum sæculi : hic habitabo, quoniam elegi eam.

Mais, tandis que mes genoux creusent, à vous adorer, le sol béni du silencieux Carmel, ma voix ne pourrait-elle, franchissant l'espace, se mêler aux hymnes de la grande ville?

Vous m'avez donné, Dieu d'amour, un langage d'harmonie. — Resterai-je muet à ce culte qu'on vous rend? — Si vos amis, ô divine Eucharistie! s'émeuvent pour vous glorifier, n'ai-je pas aussi un Hosanna à chanter à votre gloire, et un rameau de palmier à porter sous vos pas?

Ne suis-je pas moi-même un trophée vivant de vos victoires sur le prince de ce monde, sur le mal, sur l'impiété, sur les passions terribles ; un trophée de victoire, que vous avez cloué à votre autel?...

O Jésus adoré, je dois mêler mes chants aux hymnes de Paris ! Car c'est dans la grande cité, et caché sous les voiles eucharistiques, que vous m'avez dévoilé les vérités éternelles ; et le premier mystère que vous révélâtes à mon cœur, ce fut votre présence réelle au très-saint Sacrement.

Ne voulais-je pas, juif encore, m'élancer à la table sainte, pour vous porter à mon cœur éperdu? — Et si j'ai demandé le baptême à grands cris, n'était-ce pas surtout pour m'unir à vous? — Inquiet, soupirant après ce beau jour de ma vie, je pleurais de jalousie en voyant communier; je dévorais des yeux cette petite hostie, où votre amour pour les hommes emprisonne un Dieu infini...

Ce que vous fîtes alors pour me consoler d'une douleureuse attente, je ne peux le dire ici; *secretum meum mihi.*

Enfin, admis à ce banquet des cieux, j'y puisai une force inconnue contre moi-même. Cette chair divine me transforma en un homme nouveau; ce talisman me préserva des assauts d'un monde tentateur; ce trésor me détacha de tout ce qui, autrefois, me subjuguait en maître.

Une soif toujours plus brûlante me poussait à cette *source d'eau vive*; je me sentais dévoré, pour ce *froment des élus*, d'une faim de famélique.

Pour vous contempler à souhait, les heures du jour s'envolaient trop vite; j'appelai à moi des chrétiens brûlant du même feu, et nous allions passer les nuits dans vos églises... Un saint prêtre nous guidait. Le soir, sa main vous exposait sur l'autel... et l'aurore nous retrouvait agenouillés encore devant votre splendeur...

Nuits inénarrables! *que ma langue s'attache à mon palais et que ma main se dessèche,* si jamais je vous oublie! — Dans ces nuits célestes, ô mon Jésus! vous m'attiriez à vous par un charme si irrésistible, par un charme si doux, si tendre et si aimable, que le dernier fil se rompit entre moi et le monde, et je courus loin des villes me jeter dans vos bras, pour vivre tout à vous, sans partage à jamais!

Ne faut-il pas que je vous chante des hymnes d'allégresse?

N'est-ce pas votre sacrement qui a fait tout cela, qui m'a fait renoncer aux séduisants plaisirs, pour une salutaire pénitence; au faste et aux grandeurs, pour l'humble sac de bure; à l'éclat de la renommée, pour l'obscurité du couvent?...

Et, non content des grands vœux solennels qui me consacrent à vous dans l'Ordre de Marie, et rendent mon âme votre épouse pour l'éternité, vous exigez de moi, dans votre amour jaloux, encore un vœu spécial à votre divin sacrement ; un vœu qui me lie par des liens indissolubles à l'amour de l'amour...

Qu'ils viennent donc maintenant ceux qui m'ont connu autrefois, et qui méprisent un Dieu mort d'amour pour eux... Qu'ils viennent, et ils sauront si vous changez les cœurs !

Oui, mondains, je vous le dis, prosterné devant cet amour méconnu :

Si vous ne me voyez plus m'évertuer sur vos tapis soyeux, pour mendier des applaudissements, briguer de futiles honneurs, c'est que j'ai trouvé ma gloire dans l'humble tabernacle de Jésus hostie, de Jésus Dieu.

Si vous ne me voyez plus jouer sur une carte le patrimoine d'une famille entière, ou courir hors d'haleine pour acquérir de l'or, c'est que j'ai trouvé la richesse, le trésor inépuisable, dans le ciboire d'amour qui renferme Jésus hostie.

Si je ne viens plus prendre place à vos tables somptueuses, m'étourdir dans vos fêtes frivoles , c'est qu'il est un festin de délices où je me nourris pour l'immortalité , où je me réjouis avec les Anges du ciel ; c'est que j'ai trouvé le bonheur suprême; oui, *je l'ai trouvé le bien que j'aime, il est à moi, je le possède*, et qu'on vienne m'en dessaisir!

Pauvres richesses, tristes plaisirs, humiliants honneurs que ceux que je pourchassais avec vous! Mais maintenant que mes yeux ont vu, que mes mains ont touché, que sur mon cœur a palpité le cœur d'un Dieu, oh! que je vous plains, dans votre aveuglement, de poursuivre des plaisirs impuissants à remplir le cœur!

Venez donc à ce *banquet céleste, qui a été préparé par la sagesse éternelle*; venez, approchez-vous! Laissez là vos hochets, vos chimères; jetez loin de vous ces haillons trompeurs qui vous couvrent. Demandez à Jésus la robe blanche du pardon; et, avec un cœur nouveau, avec un cœur pur, abreuvez-vous à la fontaine limpide de son amour. Croyez-moi, maintenant que votre divin Sauveur, pour vous donner audience, monte tous les jours sur son trône dans vos églises, il vous écoutera avec encore plus de clémence. Jetez-vous à ses pieds; donnez-lui votre cœur, et il vous bénira, et vous goûterez des joies, mais des joies si immenses, que je ne puis vous les décrire, si vous n'allez les goûter. *Goûtez, et voyez combien le Seigneur est suave !*

O Jésus, mon amour, que je voudrais donc embraser mes amis d'autrefois de l'ardeur qui m'enflamme ! que je voudrais leur montrer le bonheur que vous me donnez ! — Non, j'ose le dire, si la foi ne m'enseignait que vous contempler au ciel est une joie plus grande encore, je ne croirais jamais possible qu'il y existât de plus grande félicité que celle que j'éprouve à vous aimer dans l'Eucharistie, et à vous recevoir dans mon pauvre cœur, si riche par vous.,. Quelle paix délicieuse ! Quelle béatitude ! Quelle sainte allégresse !...

Si le roi David dansait devant l'Arche qui vous figurait, ô mon Alliance véritable, en quels élans de joie, en quels chants de triomphe ne dois-je pas éclater !...

Mais, hélas ! je m'arrête, interdit, abattu : car mes cantiques n'ont point ce feu de l'amour que j'aurais voulu exprimer, et je reste impuissant, au-dessous de ma tâche...

C'est à vous, ô mon Dieu ! que je viens recourir ; prêtez-leur cette vertu secrète dont vous avez su me charmer ; et alors , tels qu'un brandon lancé dans la mêlée, ils allumeront un incendie d'amour pour l'adorable hostie ! ! !

Ainsi soit-il.

Agen, couvent des Carmes déchaussés.
Mars 1851.

AMOUR A JÉSUS-CHRIST.

1

𝔓anis vivus [1].

CHŒUR.

Pain vivant! Pain de la Patrie!
De désir et d'amour mon cœur est consumé...
   Ne tardez plus! Jésus, mon bien-aimé!   (*bis.*)
    Venez, venez! source de vie...
   Ne tardez plus! Jésus, mon bien-aimé!
   Venez, venez! Jésus, mon bien-aimé!

I

Rien ne me satisfait dans ce vaste univers;
Le monde à mon amour n'est qu'une terre aride;
J'ai soif de vrai bonheur, et son calice est vide...

[1] Je suis le pain vivant. — JOAN. 6, 51.

Ah! qui me nourrira dans ces tristes déserts?
    Pain vivant, etc.

II

Je voulus contenter mes immenses désirs,
Mais je ne fis qu'accroître une ardeur dévorante;
Aucun bien ne remplit mon âme défaillante;
Qu'elle est trompeuse, hélas! la coupe des plaisirs!
    Pain vivant, etc.

III

Si vous fîtes nos cœurs pour des biens passagers,
Pourquoi n'y trouvent-ils, Seigneur, qu'insuffisance?
Donnez-leur des Élus la divine substance,
Dieu d'amour, s'ils ne sont ici-bas qu'étrangers.
    Pain vivant, etc.

IV

Qu'il est long, mon exil [1]! ah! quand viendra le jour
Où, brisant les liens qui la tiennent captive,
Mon âme ira, Seigneur, à vos torrents d'eau vive,
S'enivrer et goûter les douceurs de l'amour...
    Pain vivant, etc.

[1] Heu mihi! quia incolatus meus prolongatus est, etc. — Ps. 119, 5.

–o 2 o–

Columba mea [1].

I

Voici mon cœur, âme fidèle;
Je le découvre à ton amour...
Ah! viens, craintive tourterelle,
Entre dans ce divin séjour!
Tu ne sais plus parmi le monde,
Chaste colombe, où te cacher...
Ah! fuis cette fange profonde,
Entre dans le creux du rocher...

II

Prends ton essor loin de la terre,
Si de mon cœur tu fais le choix;
Là, recueillie et solitaire,
N'entends plus que ma douce voix...

[1] Vous qui êtes ma colombe, vous qui vous retirez dans les creux de la pierre et dans les enfoncements de la muraille, etc. — CANT. 2, 14.

Elle instruit, elle fortifie,
Elle est la source de la paix;
Toujours elle apporte la vie
Aux cœurs qui lui donnent accès.

III

Tu sauras par quel artifice
Tout dans ce cœur change de nom;
Comment tout y devient délice,
Peine, croix, mépris, abandon...
Comment les pleurs de la tristesse
Ne sont que joie et que douceur,
Depuis qu'un Dieu dans sa tendresse
Daigna revêtir la douleur [1]!

IV

C'est dans ce cœur, ô mon épouse,
Que tu connaîtras mon amour...
C'est là que tu seras jalouse
De te consumer en retour!
Dans ce cœur, un divin martyre
Te fera sentir son tourment...
Amour qui brûle sans détruire,
Heureux qui lui sert d'aliment!...

[1] Virum dolorum, et scientem infirmitatem... Vere languores nostros ipse tulit, et dolores nostros ipse portavit.—Is. 53, 3, 4.

—o 3 o—

Beati qui habitant in domo tuâ, Domine [1].

I

O plaisirs éphémères !
Vapeurs, ombres légères,
Vous ne me suffirez jamais !   (*bis.*)
  Près de mon Divin Maître,   (*ter.*)
  Mon cœur a senti naître
Le vrai bonheur, l'unique paix !   (*bis.*)

II

Augustes Tabernacles !
Que vos divins oracles
Ont pour moi de charmes secrets...   (*bis.*)
  Il n'est rien sur la terre   (*ter.*)

1 Heureux ceux qui habitent dans votre maison, Seigneur, etc.
— Ps. 83, 5.

Qui puisse jamais plaire
Au cœur qui goûte vos attraits !   (*bis.*)

III

O calme ! ô solitude !
Seule béatitude
Qu'offre la terre de douleur !   (*bis.*)
  Là seulement j'oublie   (*ter.*)
  L'exil de cette vie...
Là, du Ciel je sens le bonheur !   (*bis.*)

IV

Divine Eucharistie !
Mets sacré, Pain de vie !
Vers toi j'aspire avec ardeur...   (*bis.*)
  Viens, ô manne cachée ;   (*ter.*)
  Mon âme desséchée,
Sans toi, succombe de langueur...   (*bis.*)

V

Ici-bas, exilée,
Cette âme désolée
Ne sent, ô mon Dieu, que douleur...   (*bis.*)
  Ce n'est que sous ta tente   (*ter.*)

Que, triste, défaillante,
Elle retrouve sa vigueur. *(bis.)*

VI

Là, se boit cette eau vive,
Dont la puissance active
Sait désaltérer et nourrir ! *(bis.)*
Donne à ma soif ardente *(ter.)*
Cette eau rafraîchissante,
Ou, Seigneur ! laisse-moi mourir... *(bis.)*

-o **4** o-

Exinanivit [1] !

CANTIQUE POUR L'ÉLÉVATION.

I

Silence ! ô Cieux !... amour ! ô cœurs fidèles !
Sur cet autel s'abaisse le Seigneur...
Le Dieu de gloire a voilé sa splendeur...
O Chérubins ! couvrez-vous de vos aîles ! } *bis.*

II

Du Roi des rois, dans cet auguste temple ,
Je cherche en vain l'éclat et la grandeur !...
Son seul amour le révèle à mon cœur...
Et l'humble foi seule ici le contemple... } *bis.*

III

O Dieu caché dans ce profond mystère,
A tous les cœurs découvre tes attraits !
Qu'il soit compris, le plus doux des bienfaits !
Et qu'on l'exalte au Ciel et sur la terre !! } *bis.*

[1] Jésus-Christ.... s'est anéanti lui-même. — S. Paul aux Philip.
2, 7.

-o **5** o-

Quàm dilecta tabernacula tua [1] !

CHŒUR.

Ils ne sont plus, les jours de larmes;
J'ai retrouvé la paix du cœur,
Depuis que j'ai goûté les charmes
Des Tabernacles du Seigneur!

I

Je buvais dans la coupe amère
Dont on me vantait la douceur;
Et je délaissais, ô mon Père,
Le Pain sacré du voyageur [2]!...   (*bis.*)

    Ils ne sont plus, etc.

---

[1] Que vos Tabernacles sont aimables, Seigneur, Dieu des vertus! — Ps. 83, 1.
[2] Cibus viatorum. — Off. Eccl.

II

Je ne trouvais qu'insuffisance [1]
Dans mes plaisirs de chaque jour ;
Que ne savais-je l'abondance
Du banquet divin de l'amour !...   (*bis.*)

    Ils ne sont plus, etc.

III

Souvent le poids de ma faiblesse
Me faisait gémir de douleur ;
Elle aurait cessé, ma tristesse,
Près de l'autel consolateur !   (*bis.*)

    Ils ne sont plus, etc.

IV

Trop longtemps, brebis fugitive,
Je m'éloignai du Bon Pasteur...
Aujourd'hui, colombe plaintive,
Je l'appelle... Il m'ouvre son cœur !   (*bis.*)

    Ils ne sont plus, etc.

---

[1] Quanti mercenarii in domo patris mei abundant panibus, ego autem hic fame pereo ! — Luc, 15, 17.

V

Je ne connaîtrai plus les peines;
Je me fixe en ce doux séjour...
Amour sacré, rive mes chaînes!
Ici, je veux vivre d'amour!...   (*bis.*)

Ils ne sont plus, les jours de larmes;
J'ai retrouvé la paix du cœur
Depuis que j'ai goûté les charmes
Des Tabernacles du Seigneur!

-o 6 o-

O sacrum convivium [1].

I

O jours de paix et de bonheur,
Où, dans son divin sanctuaire,
Le Dieu du Ciel montre à la terre
Tous les charmes de sa douceur!

CHŒUR.

Banquet sacré, divine Eucharistie!
Nos cœurs, toujours, rediront tes bienfaits!
Nous t'oublier..., ô Pain de vie!
Non, non, jamais! non, non, jamais!

II

Ici, le juste et le pécheur,
Le repentir et l'innocence,
Au festin du Dieu de clémence
Sont admis par son tendre cœur.
Banquet sacré, etc.

---

1 O Banquet sacré, où l'on reçoit Jésus-Christ, etc. — Off. de
l'Église.

III

Nos cœurs, malgré le voile épais
Qui cache en ce lieu ta puissance,
Adorent ici ta présence,
Dieu d'amour, de grâce et de paix !
Banquet sacré, etc.

IV

Heureux fut pour nous le grand jour
Où le Sauveur, dans sa tendresse,
Dans la charité qui le presse,
Nous laissa ce gage d'amour...
Banquet sacré, etc.

V

Oh ! oui, béni le Testament
Qui nous légua pour héritage
Ce pain du Ciel, ce doux breuvage,
Notre adorable Sacrement !...
Banquet sacré, etc.

VI

Seigneur, tes autels, chaque jour,
Verront notre reconnaissance,
Près du trône de ta clémence,
S'exhaler avec notre amour...
Banquet sacré, etc.

Deus absconditus [1].

CHŒUR A L'UNISSON.

I

Dans un saint tremblement, heureux mortel, adore
Le Dieu caché sur cet Autel !...
Si ta raison se trouble encore,
Que la Foi, dans ce lieu, lui montre l'Éternel ! (*bis.*)

II

Les cieux se sont ouverts... La manne Eucharistique
S'offre à nourrir ton faible cœur ;
En ce saint lieu l'Agneau mystique
Vient s'immoler encor pour sauver le pécheur. (*bis.*)

[1] Vous êtes vraiment le Dieu caché. — Is. 45, 15.

III

Sans gloire, sans éclat, au fond du Sanctuaire,
Résidant pour nous nuit et jour,
Il est délaissé sur la terre,
Cet auguste captif, enchaîné par l'amour !   (*bis.*)

IV

La foule des pécheurs, sous ses tentes coupables,
Se presse, hélas ! avec ardeur...
Et sous tes parvis, seuls aimables,
Mon Dieu ! souvent en vain mes yeux cherchent un cœur.

V

Tabernacle divin ! si jamais je t'oublie,
Qu'aussitôt je perde la paix...
Qu'à l'instant ma langue se lie,
Si je n'exalte plus tes grandeurs, tes attraits !   (*bis.*)

-o 8 o-

Inveni quem diligit anima mea [1].

I

Je l'ai trouvé , le Dieu que j'aime !
Son cœur repose sur mon cœur...
Tout le Ciel, je l'ai dans moi-même !
O paix ! ô joie ! ô vrai bonheur !   (*bis.*)

II

Douce union ! sainte présence !
En toi mon cœur est abîmé...
Faibles mortels, faites silence !
Laissez parler mon Bien-Aimé !   (*ter.*)

III

Je le comprends, son doux langage...

[1] J'ai trouvé celui que mon âme aime, etc.—CANT. 3, 4.

Céleste voix... Heureux secret !
Jésus ! n'en dis pas davantage...
Il m'a blessé, ton divin trait !...   } *bis.*

IV

Un feu sacré brûle mon âme...
Qu'il la dévore nuit et jour !
O charité ! consume, enflamme,
Réduis tout mon être en amour !   } *bis.*

–o **9** o–

O salutaris. — Hymne en latin.

–o **10** o–

Ecce panis Angelorum. — Motet latin.

(Voir aux Cantiques mis en musique.)

–o 11 o–

Benedicite, noctes et dies, Domino [1]!

CHŒUR.

Célébrons la tendresse, exaltons la douceur
Du Dieu d'amour, qui voile sa splendeur...
Le jour, qu'en tous lieux on l'adore !
La nuit, qu'on le bénisse encore !   } *bis.*

I

Sans crainte, approchons-nous de l'humble tabernacle
Où le Sauveur réside et la nuit et le jour ;
Du Sina cet Autel n'offre plus le spectacle...
La gloire et la puissance ont fait place à l'amour ! *(bis.)*

Célébrons la tendresse, etc.

II

Un Dieu descend du Ciel... La charité le presse

[1] Nuits et jours, bénissez le Seigneur.—DAN. 3.

D'habiter avec nous la terre de douleur...
Et dans ce sacrement, excès de sa tendresse,
Pour charmer notre exil il nous donne son cœur !... (*bis*)
    Célébrons la tendresse, etc.

III

Ce Dieu de majesté, dont la seule présence
Fait l'éternel bonheur du céleste séjour,
Veut bien nous révéler qu'il prend sa complaisance
A vivre parmi nous... O prodige d'amour !   (*bis.*)
    Célébrons la tendresse, etc.

IV

Le Dieu puissant et bon qui règle la nature,
Pour nous, pauvres pécheurs, doit en changer les lois !
Il nous donne son corps, son sang, en nourriture...
Il rend nos faibles cœurs temples du Roi des rois ! (*bis.*)
    Célébrons la tendresse, etc.

V

O charité divine ! A notre âme ravie,
Que tu sais dévoiler de célestes douceurs !
Venez, venez, chrétiens, goûter ce pain de vie,
Préparé par l'amour pour sustenter vos cœurs. (*Bis.*)
    Célébrons la tendresse, etc.

‒○ 12 ○‒

Discite à me quia mitis sum et humilis corde [1].

I

O cœur du plus tendre Maître,
Comment louer tes grandeurs?
Hélas! comment reconnaître
Tes innombrables faveurs?...
De ce divin sanctuaire
Qui nous dira les attraits?..
O Ciel! dévoile à la terre
Le plus doux de tes secrets !

} *bis.*

II

De ce cœur, dans le silence,

[1] Apprenez de moi que je suis doux et humble de cœur. — MATT. 11, 29.

Ah! recueillons les leçons...
Que notre extrême indigence
Goûte le prix de ses dons!
A cette école si chère,
Allons puiser les vertus...
O Ciel! obtiens à la terre
D'imiter le doux Jésus!

} *bis.*

III

Sous ces parvis tout aimables,
Le Dieu Sauveur, chaque jour,
Montre aux justes, aux coupables,
La force de son amour!
Le cœur de ce tendre Père
N'offre que paix et pardon...
O Ciel! apprends à la terre
A bénir ce Dieu si bon!

} *bis.*

IV

Caché dans son sanctuaire,
Il nous redit, le Sauveur,
Cet oracle salutaire :
Soyez humbles, doux de cœur!
Sur l'autel, comme au Calvaire,

Il ne révèle qu'amour...
O Ciel! viens aider la terre
A le payer de retour !
{ *bis.*

V

O cœur! amour! espérance!
Entends, exauce nos vœux!
Rends à notre chère France
L'humble foi de ses aïeux...
Bannis les haines, la guerre...
Règne sur nous à jamais!...
Que le Ciel, sur notre terre,
Déverse sa douce paix !
{ *bis.*

◦ 13 ◦

Ego dormio, et cor meum vigilat [1].

I

Je dors, et mon cœur veille,
Dit l'éternel Époux.
O touchante merveille !
O mystère trop doux !
Apprends-nous, divin Maître,
De l'amour les secrets ;
Aide-nous à connaître,
A bénir tes bienfaits !

II

Quel étonnant spectacle
Ici frappe mes yeux !

[1] Je dors, et mon cœur veille. — CANT. 5, 2.

4.

Dans son saint tabernacle
Il dort, le Roi des cieux...
En silence il sommeille,
Le Dieu fort, l'Immortel...
Il dort, mais son cœur veille
Sur cet heureux autel !

III

Il dort!... Viens sans alarmes,
O coupable pécheur !
Il veille... Ah! plus de larmes...
Il calme la douleur...

     En silence, etc. (*comme au* 2ᵉ).

IV

Il dort... Ame infidèle,
Ne fuis pas son regard ;
Il veille... et, sous son aile,
Il te trouve en retard...

     En silence, etc.

V

Il dort... Bannis la crainte,
Ame dans la langueur ;

Il veille... Entends sa plainte :
Pourquoi craindre mon cœur ?

   En silence, etc.

VI

Il dort... brebis fidèle,
Mais il entend ta voix ;
Il veille... A ton saint zèle
Il présente sa croix !

   En silence, etc.

VII

Il dort... mais la souffrance
Peut l'appeler encor...
Il veille... et l'espérance
Est son plus doux tresor...

   En silence, etc.

VIII

Il dort... Que l'indigence
Vienne à lui sans regrets !
Il veille... et sa clémence
Ne répand que bienfaits...

   En silence, etc.

IX

Divine Eucharistie !
Doux repos du Sauveur !
Tous les jours de la vie
Redis à notre cœur :

« En silence il sommeille,
« Le Dieu fort, l'immortel !
« Il dort... mais son cœur veille
« Sur cet heureux autel ! »

—◦ **14** ◦—

Venite ad me omnes qui laboratis, etc. [1]

I

Recueillons-nous ! la voix du divin Maître,
De ce saint tabernacle, appelle notre cœur...
  Pauvres pécheurs, apprenons à connaître
Sa tendre charité, l'excès de sa douceur...
      « Venez, vous qui souffrez des peines,
      « Vous tous qui répandez des pleurs...
      « Venez, vous qu'oppriment des chaînes...
« Je saurai soulager et guérir vos douleurs ! » (*bis.*)

II

  A cet appel d'un Dieu plein de tendresse,

[1] Venez à moi, vous tous qui travaillez et qui êtes chargés, et je vous soulagerai. — MATT. 11, 28.

Répondons, ô chrétiens, par un tendre retour ;
   Apportons-lui nos maux, notre faiblesse,
C'est là qu'il nous attend, sur son trône d'amour...
     Ah ! déversons notre souffrance
     Au pied de cet heureux autel !...
     Bientôt le calme, l'espérance,
Nous y feront trouver un avant-goût du Ciel. } *bis.*

III

   Ne craignons plus la divine justice,
Devant le tabernacle où, la nuit et le jour,
   Un Dieu, pour nous, s'immole en sacrifice,
Et s'offre à l'Éternel en victime d'amour...
     Ici, tout parle de clémence,
     Ici, tout attire le cœur ;
     Ce n'est qu'à l'humble confiance
Que sont promis, ici, le pardon, le bonheur ! } *bis.*

–o **15** o–

Sitio ![1]

I

Chrétiens!... silence...
Adorons la présence
Du Roi des rois, de notre Dieu !
Près du trône de sa clémence,
Que l'amour, la reconnaissance
L'entourent en ce saint lieu !

II

O sanctuaire !
Où le plus doux mystère
S'opère en faveur des pécheurs !
Maison de paix, arche bénie,
Où se garde le fruit de vie,
Que j'ai soif de tes douceurs '

[1] J'ai soif! — JOAN. 19, 28.

III

Quelle victime
S'offre pour notre crime,
Dans cet auguste Sacrement!
Devant toi, salutaire hostie,
Mon âme émue, anéantie,
A soif d'aimer ardemment!...

IV

Saints tabernacles,
Que vos sacrés oracles
Soient la lumière de mon cœur...
Le monde est mensonge, folie ;
J'ai soif des paroles de vie...
J'ai soif du seul vrai bonheur !

V

Eucharistie !
Gage de la patrie,
Froment mystique des élus !
De ta substance immaculée,
Ah ! viens nourrir l'âme exilée ;
J'ai soif du Dieu des vertus !...

-o **16** o-

Mysterium fidei [1].

O Dieu, qu'un auguste mystère
Dérobe à tout regard mortel !
O toi, que le chrétien révère,
Anéanti sur cet autel !
Permets que l'humble Foi, perçant la nuit profonde
Qui t'enveloppe en cc séjour,
Découvre l'Éternel, le Rédempteur du monde,
A ma raison, à mon amour.   (*bis.*)

II

Du Dieu de gloire et de puissance
En vain je cherche la splendeur...

[1] Mystère de foi. — JOAN. 19, 28.

Sous la plus obscure apparence
 Comment adorer sa grandeur?...
Ah! viens, céleste Foi! que ta lumière pure
 De nos sens dissipe l'erreur;
Qu'ils proclament aussi, du Dieu de la nature,
 Et le pouvoir et la douceur!   (*bis.*)

III

Il l'a dit, l'adorable Maître,
 Que le pain devient son corps;
 Dans ces mots, qui peut méconnaître
 De l'amour les divins ressorts?
Parole fécondante! ô Dieu! source de vie,
 Qui sus commander au néant...
J'exalte, je bénis ta puissance infinie...
 Mon cœur t'adore, ô Pain vivant!... (*bis.*)

–o 17 o–

Sacrificium et oblationem noluisti, etc. [1]

I

Le Seigneur a parlé... « Cessez vos sacrifices :
« Ne m'offrez plus le sang des boucs et des taureaux;
« De vos troupeaux nombreux conservez les prémices,
« Ma justice a besoin d'holocaustes nouveaux.» (*bis.*)

II

Le Fils de l'Éternel, à l'arrêt de son Père,
Va s'immoler lui-même et s'offrir au Seigneur...
Il est l'Agneau divin, seul digne de lui plaire,
Seul digne d'attirer ses regards de douceur.   (*bis.*)

III

« Vous n'avez plus voulu des anciennes victimes;
« Alors j'ai pris un corps et j'ai dit : Me voici[2]!...
« O Père, que mon sang efface tous les crimes!

[1] Vous n'avez pas voulu de victime ni d'offrande, etc.—Ps. 39, 7.
[2] Ecce venio. — Ps. 39, 8.

« Que l'homme racheté soit encor votre ami.» (*bis.*)

VI

Le Ciel est apaisé... Dieu rendu favorable...
L'innocent vient d'offrir une immense rançon...
La sentence est portée en faveur du coupable...
La justice et l'amour ont signé son pardon ! (*bis.*)

V

Mais l'adorable sang, versé sur le Calvaire,
N'avait pas satisfait à l'excès de l'amour...
Et le divin Jésus veut encor sur la terre
Nous révéler son cœur jusques au dernier jour. (*bis.*)

VI

Sur nos sacrés Autels, l'incomparable Hostie
S'offre mystiquement en faveur du pécheur !
Elle est encor pour nous le salut et la vie...
L'espérance, la paix, la joie et le bonheur !... (*bis.*)

VII

O Sacrement d'amour ! ineffable mystère !
Mémorial sacré du plus grand des bienfaits...
Notre cœur, en silence, aime... adore... révère...
Et goûte la douceur de tes divins attraits ! (*bis.*)

CANTIQUE POUR L'ÉLÉVATION.

–⚬ 18 ⚬–

Attollite portas [1].

I

Abaissez-vous, saintes phalanges !
L'Éternel descend en ces lieux...
Il quitte la splendeur des Cieux !...
Mortels, unissons-nous aux Anges...
    Adorons ses grandeurs !   (*bis.*)
    Exaltons ses louanges !
    Offrons-lui tous nos cœurs !   (*bis.*)

II

Sur cet Autel, nouveau Calvaire,
Un Dieu nous montre son amour...

Ouvrez-vous, portes éternelles ! — Ps. 23, 7.

5.

Il y vient encor chaque jour,
Victime auguste et salutaire,
　S'offrir pour les pécheurs　　　　(*bis.*)
　Et consoler la terre...
　Donnons-lui tous nos cœurs !　　　(*bis.*)

-o **19** o-

Pange lingua. — Morceau latin.

-o **20** o-

Adoremus. — Morceau latin.

(Voir aux Cantiques mis en musique.)

–○ 21 ○–

𝕾𝖙𝖚𝖕𝖊𝖙𝖊 𝖌𝖊𝖓𝖙𝖊𝖘 ![1]

I

Peuples, étonnez-vous ! *(bis.)*
Dans cet auguste sanctuaire,
Le Dieu qui domine la terre,
Qu'au Ciel le Chérubin révère,
Sur cet Autel habite parmi nous... *(bis.)*
Peuples, étonnez-vous ! *(bis.)*
Tombez à ses genoux ! *(bis.)*

II

Peuples, étonnez-vous ! *(bis.)*
Le Dieu, félicité des Anges,
Dont les immortelles phalanges
En tremblant chantent les louanges,
Sur cet Autel habite parmi nous... *(bis.)*
Peuples, étonnez-vous ! *(bis.)*
Tombez à ses genoux ! *(bis.)*

1 Peuples, étonnez-vous ! (Hymne du rite parisien.)

III

Peuples, étonnez-vous !	(*bis.*)
L'Éternel, l'Infini, l'Immense,	
Le Dieu de gloire et de puissance,	
Dépouillant sa magnificence,	
Sur cet Autel habite parmi nous...	(*bis.*)
Peuples, étonnez-vous !	(*bis.*)
Tombez à ses genoux !	(*bis.*)

IV

Peuples, étonnez-vous !	(*bis.*)
Le Dieu saint, ennemi du crime,	
Qui des enfers creusa l'abîme,	
Pour le pécheur, humble victime,	
Sur cet Autel habite parmi nous...	(*bis.*)
Peuples, étonnez-vous !	(*bis.*)
Tombez à ses genoux !	(*bis.*)

V

Peuples, étonnez-vous !	(*bis.*)
Le Dieu d'ineffable tendresse,	
Pour changer en douce allégresse	
Nos jours d'exil et de tristesse,	
Sur cet Autel habite parmi nous...	(*bis.*)
Peuples, étonnez-vous !	(*bis.*)
Tombez à ses genoux !	(*bis.*)

✥ 22 ✥

𝕼𝖚𝖎𝖉 𝖗𝖊𝖙𝖗𝖎𝖇𝖚𝖆𝖒 𝕯𝖔𝖒𝖎𝖓𝖔 ? [1]

I

Mon âme, ah ! que rendre au Seigneur,
Pour les bienfaits de sa tendresse ,
Pour cet amour plein de douceur
Dont il entoure ta faiblesse ?. .
Du Ciel il quitte la splendeur
Pour visiter ton indigence...
Il vient alléger ta souffrance ;
Mon âme, ah ! que rendre au Seigneur ? } *bis.*

II

Tandis que, du plus haut des Cieux,
Sur toi veille sa Providence,

[1] Que rendrai-je au Seigneur ? etc.— Ps. 115, 12.

Il veut encor, dans ces saints lieux,
Te protéger par sa présence ;
Il ne suffit pas à son cœur,
Ce regard déjà plein de charmes ;
Lui-même, il vient sécher tes larmes. } *bis.*
Mon âme, ah ! que rendre au Seigneur?

III

Tu courus après de faux biens,
Tu n'y ressentis que détresses;
Un Dieu vient rompre tes liens
Et te combler de ses richesses.
A son Autel consolateur
Va déposer toutes tes peines;
Là se forment de douces chaînes... } *bis.*
Mon âme, ah! que rendre au Seigneur?

IV

Il veut bien, le divin Sauveur,
Par une tendresse admirable,
Presser le pauvre, le pécheur,
De venir s'asseoir à sa table...
Là, du sang de son sacré Cœur
Il présente le doux breuvage;

Son amour peut-il davantage ?
Mon âme, ah! que rendre au Seigneur? } *bis.*

V

Mon âme, ah! que rendre au Seigneur ?
Prends son ineffable calice !
Bois, à l'exemple du Sauveur,
A la coupe du sacrifice...
Mais, en faisant de la douleur
Un tribut de reconnaissance,
Dis encor dans ton impuissance :
Hélas! que rendrai-je au Seigneur?... } *bis.*

-o **23** o-

Melior est dies una in atriis tuis, etc. [1]

I

Tabernacle sacré ! délicieux séjour
Où repose l'objet de mon unique amour,
    Que ne puis-je goûter sans cesse
    L'heureuse, l'innocente ivresse
Que me font éprouver tes célestes douceurs ;
Vrai charme de l'exil, seul baume à ses douleurs ! (*bis.*)

II

Qu'il est calme, le cœur, sous tes sacrés parvis !...
Là, dégagé du monde et de ses vains soucis,
    Avec quelle ardeur il préfère

[1] Un jour dans votre maison est meilleur que mille jours... — Ps.
83, 11.

Un seul jour dans ton Sanctuaire,
A des millions de jours passés près des pécheurs,
Sous leurs lambris dorés, dans des plaisirs trompeurs! (*bis*)

III

Tous ces fragiles biens, qu'ils sont insuffisants .
Quand on connaît, Seigneur, tes charmes ravissants!
　　Ah! qui comprend ta voix secrète,
　　Vient chercher sa douce retraite
Au pied de ces Autels qui révèlent au cœur
Les beautés, les attraits, l'amour d'un Dieu Sauveur! (*bis*)

IV

Dans cet asile saint je me fixe à jamais...
Je ne sais plus goûter que ses chastes attraits...
　　Lui seul, à mon âme ravie,
　　Offre le bonheur de la vie.
O doux repos du cœur, calme délicieux,
Qui décèle à l'amour les délices des Cieux ! (*bis.*)

-o 24 o-

Memor fui nocte, etc. [1]

I

Mon Bien-Aimé, quand tout sommeille
Et semble oublier votre amour,
Quoi! vous permettez que je veille
Seul avec vous en ce séjour!
Dans votre auguste Sanctuaire
Vous me souffrez, divin Jésus!
Ah! rendez digne de vous plaire
Un cœur, hélas! pauvre en vertus!   } *bis.*

II

Seigneur, à chanter les louanges
De votre Sacrement d'amour,
Ah! laissez-moi, comme les Anges,

[1] Je me suis souvenu durant la nuit, etc. — Ps. 117, 55.

Consacrer la nuit et le jour.
Aide-moi, nuit silencieuse,
A bénir le Dieu de mon cœur;
Et de sa voix délicieuse
Fais-moi savourer la douceur. } *bis.*

III

Près de toi, sainte Eucharistie,
Puisse mon exil s'écouler;
Puisse, avec la divine Hostie,
Mon cœur chaque jour s'immoler!
Tabernacle! ô fournaise ardente,
Communique-moi ton ardeur!...
O flamme pure et dévorante,
A jamais consume mon cœur... } *bis.*

–○ **25** ○–

Prœbe, fili mi, cor tuum mihi. [1]

I

Jésus t'appelle,

O cœur fidèle,

Ses Tabernacles sont déserts...

Le monde, à ses plaisirs pervers,

Voit les pécheurs courir en foule ;

Dans le lieu saint, le jour s'écoule,

Sans qu'il soit visité, le Dieu de l'univers !...

II

Du sanctuaire

La voix d'un père

Te dit ce mot plein de douceur :

« Mon fils, ah ! donne-moi ton cœur. »

Un Dieu t'attend, l'amour le presse ;

Réponds à sa vive tendresse ;

Cet appel est pour toi la source du bonheur !

[1] Mon fils, donnez-moi votre cœur. — PROV. 23, 26.

III

Entre sans crainte;
Cette arche sainte
Est l'asile consolateur ;
Mais entends la voix du Sauveur
Laisser échapper cette plainte,
De sa charité douce empreinte :
Ah! pourquoi dans mon temple,ai-je à chercher un cœur?

IV

O divin Maître !
Fais-toi connaître ;
Le monde ignore tes douceurs...
Entraîné par des biens trompeurs,
De l'erreur aveugle victime,
Il tombe d'abîme en abîme ;
Ah ! découvre à ses yeux tes charmes, tes grandeurs!

V

Qu'un tendre zèle,
Ame fidèle,
Te consume de ses ardeurs ;
Ramène à Jésus les pécheurs ;
Ils lui rendront bientôt les armes,
A ces mots tout remplis de charmes :
«Enfants de mon amour, donnez-moi tous vos cœurs.»

6.

⚬ 26 ⚬

In loco pascuæ, ibi me collocavit [1].

I

Le Dieu d'amour est mon Pasteur,
Je me confie à sa tendresse ;
Ma douce égide, ah ! c'est son cœur !...
Que pourrait craindre ma faiblesse ?
En vain un monde séducteur
A des plaisirs trompeurs m'appelle ;
Docile au plus tendre Pasteur,
Je veux demeurer sous son aile...   (*bis.*)

II

Il me conduit, dans sa douceur,
Au plus excellent pâturage...
Contre le poids de la chaleur

Le Seigneur me fait reposer en d'agréables pâturages.—Ps. 22, 2.

Il m'offre un salutaire ombrage...
Son amour, près des clairs ruisseaux,
Daigne guider mes pas timides ;
Il me désaltère à des eaux
Toujours vives, toujours limpides !   (*bis.*)

III

Il m'entoure, ce bon Pasteur,
De sa houlette vigilante...
Il rend sa première vigueur
A mon âme encor languissante...
Il me dresse, dans son amour,
Une table riche en délices...
Il me fait boire chaque jour
Au plus précieux des calices !   (*bis.*)

IV

Mille fois béni le Seigneur,
Qui, dans sa tendresse infinie,
Veut bien, véritable Pasteur,
Pour ses brebis donner sa vie !...
Mais comment, ô divin Sauveur,
Reconnaître tant de clémence ?
Pour tribut, je t'offre mon cœur !
Seul hommage de l'indigence.   (*bis.*)

⚮ 27 ⚮

Panis angelicus [1].

CHŒUR.

Voici le Pain des Anges !
Voici le Pain d'amour !
Offrons-lui nos louanges
Et la nuit et le jour !

I

A notre céleste Patrie,
Chrétiens, ne portons plus envie...
N'en regrettons plus les splendeurs :
Nous pouvons goûter ses douceurs
Pendant l'exil de cette vie ;
Un Dieu vient y nourrir nos cœurs !   (*bis.*)
    Voici le Pain des Anges ! etc.

II

La terre n'est plus désolée ;

[1] Le Pain des Anges. (Office de l'Eglise.)

Le Sauveur l'a renouvelée.
Concitoyens des Bienheureux,
Nous partageons avec les Cieux
La nourriture immaculée,
Le breuvage mystérieux.   *(bis.)*
    Voici le Pain des Anges! etc.

III

Déjà, sous ce sacré portique,
Résonne le nouveau cantique,
Chanté sans cesse en union,
Dans la sainte et chère Sion :
A l'éternel Agneau mystique,
Salut et bénédiction !   *(bis.)*
    Voici le Pain des Anges ! etc.

IV

Mais, hélas ! toujours sur la terre,
Sous le voile obscur du mystère,
Il est caché, le Dieu d'amour...
Quand viendra pour nous l'heureux jour
Où nous dirons dans la lumière
Qui brille au céleste séjour :   *(bis.)*
  Voici le Pain des Anges !
  Voici le Pain d'amour !
  Offrons-lui nos louanges
  Et la nuit et le jour !   *(bis.)*

-o 28 o-

Adoremus et procidamus ante Deum [1].

I

Courbe ton front dans la poussière,
Humble mortel !
Le Dieu du Ciel et de la terre
Paraît sur cet auguste Autel !
Il cache à ta faiblesse
L'éclat de sa splendeur...
Ah ! bénis sa tendresse !
Adore sa grandeur !

bis.

II

Dans ce saint lieu, quelle victime
Vient s'immoler !...
Le sang divin, ah ! pour le crime
Veut-il mystiquement couler ?...
Dans sa reconnaissance,
Que peut-il, le pécheur ?
T'offrir, Dieu de clémence,
Et sa vie et son cœur.

bis.

29 et **30.** (Morceaux latins.)
(*Voir les Cantiques mis en musique.*)

[1] Adorons, prosternons-nous en la présence du Seigneur. — Ps. 94, 6.

─○ 31 ○─

Quam terribilis est locus iste ![1]

I

Oh! combien il est saint et terrible, ce lieu !
Le Seigneur de la gloire y cache sa présence ;
C'est la porte du Ciel, c'est la maison de Dieu. (*bis.*)
Faibles mortels, respect ! amour ! crainte ! silence !... (*bis*)

II

Ce Sanctuaire auguste est un nouveau Béthel,
Où le Dieu de Jacob réside avec ses Anges...
Une échelle mystique y fait monter au Ciel   (*bis.*)
Et les vœux de l'amour et l'encens des louanges ! (*bis.*)

III

N'apparaissez jamais dans ce lieu vénéré,
Frivolité coupable, indigne irrévérence...
Tout mortel doit ici se sentir pénétré   (*bis.*)
De la foi, du respect qu'inspire sa présence.   (*bis.*)

---

[1] Que ce lieu est terrible ! — Gen. 28, 17.

IV

Ah! de ce temple saint n'approche point, pécheur,
Sans avoir déposé ta superbe arrogance...
Viens avec tes remords, mais viens humble de cœur (*bis*)
Et Dieu n'aura pour toi que tendresse et clémence. (*bis*)

V

Devant le Dieu caché, fuis, luxe plein d'orgueil...
A l'obscure indigence, oh! ne fais pas injure!
Du divin Sanctuaire en franchissant le seuil,   (*bis.*)
Qui ne rougirait point d'une vaine parure?... (*bis.*)

VI

Oh! crains du Saint des Saints le pénétrant regard,
Toi que couvre souvent le voile de la feinte...
Le Dieu de vérité veut des âmes sans fard...   (*bis.*)
Aux cœurs droits appartient d'entrer dans cette enceinte. (*bis*)

VII

Puissent nos faibles cœurs, en adorant ce Dieu
Qui daigne résider dans nos saints Tabernacles,
Se souvenir toujours que terrible est le lieu   (*bis.*)
Où descend l'Éternel pour rendre ses oracles... (*bis*)

⚬ 32 ⚬

Altaria tua, Domine [1].

I

Près de l'autel du divin Maître,
Ah ! que l'on ressent de bonheur !
C'est là surtout qu'il fait connaître
Et sa tendresse et sa douceur...
C'est là qu'il instruit l'âme pure,
Là qu'il reçoit l'humble pécheur,
Là qu'il épanche sans mesure
L'amour infini de son cœur...   (*bis.*)

II

Mondains, que vos fêtes brillantes
Sont loin de valoir nos plaisirs !...
Trop souvent, sous vos riches tentes,
Que de regrets ! que de désirs !
Ah ! croyez à l'insuffisance
Des biens qui trompent votre cœur ;
Venez demander l'abondance
Aux tabernacles du Seigneur.   (*bis.*)

III

Dans son auguste sanctuaire,

____
1 Vos autels, Seigneur ! etc. — Ps. 83, 4.

Ne craignez pas un Dieu vengeur ;
Il n'est plus là qu'un tendre Père...
Il n'est plus là qu'un bon Pasteur...
Au prodigue, à l'enfant rebelle,
Il rend sans délai son amour ;
Et de la brebis infidèle
Il presse, il fête le retour.   *(bis.)*

IV

Dans ce séjour viens, tendre enfance,
Jésus veut encor t'y bénir ;
Près de son cœur, ton innocence
Ne craindra pas de se flétrir...
Viens aussi, trop faible jeunesse,
Du Dieu fort chercher le secours ;
Viens, âge mûr, sage vieillesse,
Préparer le soir de tes jours.   *(bis.)*

V

Dieu d'amour ! louange infinie
A la charité de ton cœur !
Jusqu'à la fin de notre vie
Nous redirons avec ardeur :
Près de l'autel du Divin Maître,
Ah ! que l'on ressent de bonheur !
C'est là surtout qu'il fait connaître
Et sa tendresse et sa douceur.   *(bis.)*

-o **33** o-

Unam petii à Domino [1].

CHŒUR.

Je t'ai fait, Dieu d'amour, une ardente prière,
    Entends, exauce mes désirs...
Que j'habite, ô Seigneur, dans ton doux sanctuaire
    Jusqu'au dernier de mes soupirs !   (*bis.*)

I

Dieu de grâce et de paix ! éternelle lumière !
Fais-moi goûter toujours tes secrètes douceurs,
Quand même je boirais, exilé sur la terre,
    Au calice amer des douleurs.   (*bis.*)

II

O puissance infinie ! ô sagesse, ô clémence,

[1] J'ai demandé une seule chose au Seigneur. — Ps. 26, 4.

Qu'adore en ce séjour ma tendresse, ma foi,
Pourquoi priverais-tu de ta douce présence
    Un cœur qui ne vit que pour toi !   (*bis.*)
Je t'ai fait, Dieu d'amour, etc.

III

Unie aux chérubins qui t'entourent sans cesse,
Mon âme devant toi s'exhalait nuit et jour...
Mais loin de tes parvis tout deviendra tristesse,
    Insuffisance à mon amour.   (*bis.*)
Je t'ai fait, Dieu d'amour, etc.

IV

Le faible passereau, l'hirondelle timide,
Doit son lieu de repos aux soins de ta douceur ;
Qu'ils soient, ces saints autels, le refuge, l'égide,
    Où s'abrite à jamais mon cœur.   (*bis.*)
Je t'ai fait, Dieu d'amour, etc.

V

Comme ce pur flambeau qu'une foi vive allume,
Et qui brûle sans cesse au pied de ton autel,
Que mon âme, ô mon Dieu, devant toi se consume
    Du feu de l'amour éternel.   (*bis.*)
Je t'ai fait, Dieu d'amour, etc.

–o 34 o–

Hæc requies mea in sœculum sœculi [1].

I

En vain, pour goûter le bonheur,
J'épuisai les biens de la terre ;
Instruit par ma trop longue erreur,
J'en déteste la coupe amère...
Mais j'ai découvert le bonheur,
O Jésus, dans ton divin Cœur.   (*bis.*)

II

Honneurs brillants, plaisirs trompeurs,
Je ne crains plus votre puissance ;
J'ai reconnu que vos douceurs
Ne sont que fragile apparence...
Mais je goûte le vrai bonheur,
O Jésus ! dans ton divin Cœur.   (*bis.*)

III

Mortels, ah ! pourquoi vous nourrir
D'erreurs et de vaines chimères ?
Hélas ! pourquoi toujours courir

1 C'est ici le lieu de mon repos pour toujours. — Ps. 131, 14.

Après des ombres mensongères?..
Voulez-vous trouver le bonheur?...
Ah! venez dans le divin Cœur!...   (*bis.*)

VI

Refuge pour le repentir,
Asile pur de l'innocence,
Ce cœur ne se plaît qu'à bénir,
Il n'écoute que sa clémence.
Ah! viens chercher, pauvre pécheur,
Le pardon que t'offre ce Cœur.   (*bis.*)

V

Là, jamais de sombres douleurs;
On n'y sait plus verser de larmes...
On n'y connaît que les douceurs
Du Dieu qui découvre ses charmes...
Ah! le secret du vrai bonheur
N'appartient qu'à ce divin Cœur.

VI

Ainsi que le cerf altéré,
Qui court aux fontaines d'eaux vives,
Venez dans le rocher sacré,
Cœurs purs, ô colombes craintives!
Enivrez-vous du vrai bonheur
Aux torrents d'amour de ce Cœur.

-o **35** o-

Si scires donum Dei [1].

I

Si tu savais le don qu'un Dieu, dans son amour,
Offre à ton extrême indigence,
Ah ! tu viendrais puiser dans ce sacré séjour,
A son éternelle abondance !
Contre le mal toujours nouveau
Que te cause une soif cruelle,
Avec ardeur, tu voudrais de cette eau
Qui rejaillit à la vie éternelle. *(bis.)*

II

Tu ne trouvas toujours que vide, aridité,
Dans les citernes de la terre ;
Mais de ce don divin, ah ! la fécondité

[1] Si vous connaissiez le don de Dieu ! — JOAN. 4, 10.

7..

Jamais ne tarit, ne s'altère.
C'est le vrai baume à la douleur...
Le seul soutien de la faiblesse...
Avec amour, il se prodigue au cœur
Qui le réclame, aux jours de la tristesse.

III

Ce don si précieux, c'est l'ineffable paix !
C'est de l'éternelle lumière
Le rayon le plus pur, le plus doux des reflets...
C'est tout le trésor de la terre.
Ce don de l'amour, c'est le pain
Qui sert de nourriture à l'Ange...
C'est un breuvage exquis et tout divin,
C'est, ici-bas, tout le Ciel sans mélange !

IV

Seigneur ! Ah ! maintenant, j'appelle avec ardeur
Cette eau vive qui désaltère...
Cette eau dont ton amour montre à mon faible cœur
La vertu douce et salutaire ;
A ce cœur tu donnes l'espoir
Qu'il peut en ce jour y prétendre ;
Ah ! sans retard, il veut la recevoir...
Daigne sur lui, Dieu d'amour, la répandre !

-o 36 o-

Ne credibile est[1]?

i

Pourrait-on croire que le Dieu
Dont la main lance le tonnerre,
Qui de trois doigts soutient la terre,
Daigne résider en ce lieu ? (*bis.*)

II

Les cieux ne sauraient contenir
L'immensité de son essence,
Comment sa divine présence
Pourrait-elle ici resplendir ? (*bis.*)

III

Il n'appartient qu'à son amour,

[1] Pourrait-on le croire ? — 2 Pur 6, 18.

Il n'appartient qu'à sa puissance,
De voiler sa magnificence
Pour habiter en ce séjour.   *(bis.)*

IV

Quoi ! dans un temple matériel
Il veut bien souffrir qu'on l'honore,
Ce Dieu de majesté qu'adore
L'Ange, le Séraphin, au ciel !   *(bis.)*

V

Que, dans ce redoutable lieu,
Il s'abîme dans la poussière,
Le chrétien dont la foi révère
L'auguste majesté d'un Dieu !   *(bis.)*

VI

Devant sa gloire, ses grandeurs,
Mortels ! que tout genou fléchisse...
Que ce saint temple retentisse
Des vœux de ses adorateurs !   *(bis.)*

–o 37 o–

En dilectus meus [1].

I

Mon bien-aimé, par l'amour le plus tendre,
Sur cet autel a fixé son séjour ;
O charité que je ne puis comprendre !
Puisse mon cœur s'immoler en retour !   (*bis.*)

II

Divin captif, ô douceur ineffable !
Que vous blessez divinement mon cœur !
Rendez, Jésus, ma blessure incurable ;
Elle est pour moi la vie et le bonheur.   (*bis.*)

III

Ah ! maintenant les choses de la terre

1 Voici mon bien-aimé ! — CANT. 2, 10.

Ne me sont plus qu'amertume et dégoût ;
Le bien-aimé, dans son doux sanctuaire,
Est à jamais mon trésor et mon tout.   (*bis.*)

IV

Le tabernacle, ah ! voilà ma richesse !
L'Eucharistie, ah ! voilà mon amour !
Du bien-aimé j'y goûte la tendresse.
Vous seul, mon Dieu, jusqu'à mon dernier jour ! (*bis.*)

-o **38** o-

Repleatur os meum laude [1].

I

Chante, exalte, ma langue, un mystère ineffable !
Dis comment l'Éternel, ayant quitté les Cieux,
Pour réparer les maux de l'univers coupable,
Lave l'iniquité dans son sang précieux...   (*bis.*)

II

Dis comment l'Infini descend jusqu'à l'enfance...
Dérobe à nos regards sa gloire, sa grandeur...
Veut traverser la vie en sachant la souffrance,
Et permet à la mort de voiler sa splendeur... (*bis.*)

III

Ah ! dis que le Sauveur, près de quitter la terre,

[1] Que ma bouche soit remplie de vos louanges. — Ps. 70, 8.

Ayant aimé les siens jusques au dernier jour,
Conçoit le plan divin, consomme le mystère,
Seul bonheur de l'exil, unique objet d'amour... (*bis*.)

IV

Proclame à haute voix le prodige admirable
Qui, dans le temple saint, vient étonner nos yeux !
Un fragile mortel, un cœur longtemps coupable,
Y reçoit le breuvage et la manne des Cieux !... (*bis*.)

V

Adorons, exaltons, oh ! bénissons sans cesse
L'auguste Sacrement qui révèle à nos cœurs
La puissance d'un Dieu, son immense largesse,
Son éternel amour.. ses attraits.. ses grandeurs..(*bis*.)

⊸ **39** ⊶

𝕿antum ergo. — Hymne en latin.

⊸ **40** ⊶

Sacris solemniis. — Hymne en latin.

(Voir à la suite des Cantiques mis en musique.)

TABLE DES MATIÈRES.

Imp. Bailly, Divry et Cᵒ, pl. Sorbonne, 2.

Paris. — Imp. Bailly, Divry et Cᵉ, pl. Sorbonne, 2.